AF589931

# LA COURTISANE VERTUEUSE,

## COMÉDIE EN QUATRE ACTES,

MÊLÉE D'ARIETTES;

*Le sujet est tiré du Roman de Manon & Desgrieux, fait par M. l'Abbé Prevôt.*

Par M. D***.

Le prix est de 30 sols.

A LONDRES,

Et se trouve à Paris, chez la Veuve DUCHESNE, Libraire, rue Saint-Jacques, au-dessous de la Fontaine Saint-Benoît, au Temple du Goût.

M. DCC. LXXII.

# PRÉFACE.

*Vais-je faire une Préface? A quoi bon? On pense si mal de toutes; & j'en ai si souvent mal parlé moi-même! c'est chose reconnue, qu'une Préface est un témoin de plus de l'amour-propre de l'Auteur, qu'elle est un amas de lieux communs rebattus qui peuvent quelquefois nuire à un bon ouvrage & ne peuvent servir à un mauvais. Pourquoi donc, malgré ces vérités, une pente à laquelle je ne puis résister, m'entraîne & me pousse-t-elle, comme malgré moi, dans la foule des gens à Préface? Accrochons-nous du moins à un prétexte pour pouvoir dire quelques mots sous ce titre. Convenons de ne parler, ni de l'Auteur, ni de l'Ouvrage, & tenons parole; mais disons un mot du sujet, c'est tout ce que je veux.*

*Je n'ai pas la sottise de croire que j'aie fait une bonne Comédie, ni même une Comédie; mais je crois avoir mis en Dialogue, sous le titre de Comédie, un sujet propre à en faire une bonne; & quoique je n'aie pas eu le talent de rendre ce sujet assez intéressant, ni assez comique, je n'en*

*en proie aux repentirs & aux remords dont la passion la plus extrême n'affranchit point une ame honnête & bien née.*

*A l'égard du bon Tiberge, il est l'image de la vertu la plus aimable & la plus pure : il est ce parfait ami qu'il est si rare de trouver ailleurs qu'en peinture, d'autant plus intéressant, que né dans un rang fort inférieur à celui de Desgrieux, sa vertu seule le met au-dessus de lui, & prouve combien, malgré les prétentions & les préjugés en faveur de la naissance, & contre la basse extraction, il est cependant vrai que le vice dégrade, que la vertu seule annoblit ; & que, dans l'opinion publique, sans caballe, sans efforts, le vertueux se trouve tout naturellement placé au-dessus du noble sans vertus.*

*Je crois donc qu'indépendamment des personnages subalternes ou des épisodiques que l'on peut associer à ceux-ci dans une Comédie, ces trois caracteres principaux mis en action dans les situations prises & choisies du Roman, ou même ajoutées à celles qui y sont déja, doivent fournir le fond d'une bonne Comédie : &, encore une fois, ce n'est pas sur l'esquisse que j'en aurai donnée qu'on en doit juger pour ou contre, mais bien sur ce que j'invite à tenter tout autre plus capable d'y réussir.*

*Le goût du Public, actuel, est pour les Opéras-Comiques ; j'ai été moi-même entraîné par ce goût général, & j'ai mis quelques Ariettes ; on les lira si l'on veut ; si on le veut aussi, on les supprimera ; mais j'observe que cette esquisse, qui dans le commencement étoit en cinq Actes & sans Ariettes, n'a été réduite à quatre que pour pouvoir la mettre au goût du Public.*

*J'espere donc qu'on me pardonnera la Préface en faveur de la bonne intention, dont tout le but est de procurer au public une bonne Comédie sur un sujet que je crois propre à la produire lorsqu'il sera manié de main de maître.* Dixi.

# ACTEURS.

MANON, Courtisane.
DESGRIEUX, Amant de Manon.
TIBERGE, Ami de Desgrieux.
M. DE MINARVILLE, Financier.
LE COMTE DESGRIEUX, pere.
LE MARQUIS DESGRIEUX, Fils aîné.
LISETTE, Suivante de Manon.
FRONTIN, Valet de Desgrieux.
L'ABBÉ PANTOUFLET.
DES VALETS.

*La Scène est à Paris.*

# LA COURTISANE VERTUEUSE, COMÉDIE.

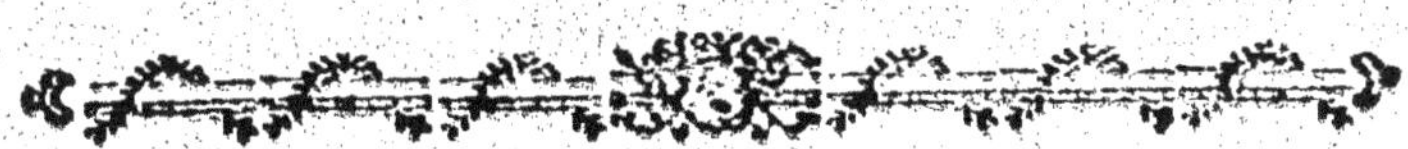

## ACTE PREMIER.

*Le Theâtre représente une Chambre qui est censée près d'un Séminaire.*

### SCENE PREMIÈRE.

LISETTE, *seule.*

MA foi, je ne conçois rien à ma maîtresse ; elle est jeune & jolie ; elle n'est point riche, & elle refuse un amant ; & quel amant, encore ? M. de Minarville, un Financier riche comme un

Crésus, qui s'offre à elle de la façon la plus honnête du monde, je veux dire, en lui envoyant des bijoux, des boucles d'oreilles, des dentelles, des robes superbes, & de l'or.... Oh! pour de l'or, elle n'a qu'à parler; & elle refuse tout, comme si elle regorgeoit de richesses. Cependant son petit fond diminue à vue d'œil; & si elle n'y fait de sérieuses réflexions, elle prend justement le chemin de se ruiner.

Mais je vois bien ce qui la fait agir ainsi; elle vivoit il y a deux mois avec le petit chevalier Desgrieux, un jeune homme de dix-neuf ans de la plus jolie figure du monde, beau, bienfait!... Bon Dieu! comme ils s'aimoient ces deux pauvres enfans, c'étoit bien l'amour le plus tendre!.... Mais le pere de ce petit Chevalier l'a fait enlever, & depuis ma maitresse est restée toute seule. J'ai cependant entendu dire, ces jours ci, que le petit Desgrieux étoit entré de force dans l'État Ecclésiastique, & qu'il demeuroit dans le Séminaire voisin: ma maitresse ne m'en a pas encore dit un mot, mais on l'a fait entrer dans une salle où il y avoit des bancs, des banquettes, & beaucoup d'abbés; on lui a apporté une grande thèse en latin; & elle lisoit ça avec plaisir, sur-tout les grosses lettres d'en-bas comme si elle y entendoit quelque chose; une grande jaquette noire; & en gands blancs est venu aussi m'en apporter une; mais comme je lui ai dit que je ne savois pas lire, ils se sont tous mis à rire: j'allois me fâcher tout de bon, lorsque ma maitresse m'a dit de l'attendre dans cette salle ci, & je l'attend... Je voudrois bien le revoir, ainsi que son grand benet de laquais, qui me faisoit l'amour, & qui est assez bête, Dieu merci ; je l'aurois pris en conséquence pour mon mari, s'il ne buvoit pas tant comme il faisoit : il se sera peut-être corrigé ; mais le voici, je crois.

## SCENE II.

LISETTE, FRONTIN, *en Valet de Collége, en habit blanc, & cheveux ronds, & un peu ivre.*

LISETTE.

HÉ, comme te voilà, mon pauvre Frontin, mon pauvre ami ; qui te reconnoîtroit sous ce déguisement-là ? Ah ! ah ! ah ! Quoi, tu veux devenir Abbé ? Ah ! ah ! ah !

FRONTIN.

Ne me touchez pas, Mademoiselle, rentrez dans le monde ; laissez-moi mépriser toutes vos vanités.

LISETTE.

Veux-tu bien me regarder, vieux fol, oublies-tu celle avec qui tu devois te marier ?

FRONTIN.

Ah ! oui, à propos ; c'est toi ma chere Lisette,

ma chere amie, & viens donc que je t'embrasse; viens....

LISETTE.

Hé bien, dis-moi donc auparavant; bois-tu beaucoup ici?

FRONTIN.

Oui, assez bien. Je m'en tire comme à mon ordinaire.

ARIETTE.

Oui, ma chere Lisette,
Je bois ici tant que je veux;
Si j'avois seulement une jeune fillette,
Une jeune brunette
Telle que toi, Lisette,
Ah! ce seroit pour moi les cieux,
Un lieu charmant, voluptueux,
Un lieu divin, délicieux,
Préférable au séjour des Dieux.

Quand on se grise,
On se moque du vent de vise;
Du froid, du chaud, & du tonnerre & du soleil;
Pour être heureux, l'on n'a point son pareil,
Et quand on est las, l'on sommeille.
Mais, si par fois l'on se réveille,
On voudroit bien trouver,
Dans ces momens, pour s'amuser,
Pour s'occuper,

Une jeune fillette,
Une jeune brunette
Telle que toi, Lisette.

LISETTE.

Oui, tu as raison : je connois ton bon goût ; mais en attendant, dis-moi un peu ce qu'est devenu ton maître, le Chevalier Desgrieux ?

FRONTIN.

Mon maître, il est indigné de la façon dont ta maîtresse l'a trahi, pour devenir la bonne amie de M. de Minarville ; aussi....

LISETTE, *bas.*

Il seroit bien à souhaiter que cela soit. (*Haut.*) Continue.

FRONTIN.

Aussi, dès que mon maître l'a su, il en fut si furieux, qu'il jura de ne la plus revoir ; &, pour que la démangeaison ne lui en revienne point, il s'est mis ici avec moi ; & nous y avons tant travaillé, moi & mon maître, que nous soutenons aujourd'hui de belles thèses en Latin de Logique, ou cochique : je ne me rappelle pas trop du mot, mais dame ce sont de belles images ; & j'en ai mis tout au tour de ma chambre. A ton tour, toi ; que viens-tu faire ici ? viens-tu soutenir quelque thèse ?

LISETTE.

Ah ! voilà donc pourquoi ma maîtresse est venue ici ; Frontin, soit bien persuadé que ma maîtresse n'a jamais trahi ton maître, & qu'elle a été inconsolable de son enlevement.

## SCENE III.

MANON, FRONTIN, LISETTE.

MANON, *passionnée, & tout en courant.*

AH! si tu savois, Lisette, je viens de voir Desgrieux en habit d'Abbé : il parloit Latin comme un ange, il tenoit tête à tout l'auditoire ; tout le monde l'applaudissoit. . .

LISETTE.

Hé! comment l'avez-vous trouvé?

MANON.

Ah! Lisette!

ARIETTE.

C'est l'Amour en habit d'Abbé,
Ç'a lui va comme de cire;
Un air fripon, vif, éveillé;
Un air d'Abbé, c'est tout dire.

Frisé, poudré, dame il faut voir!
Un cheveu ne passe l'autre;
Qu'il est beau dans son habit noir!
Qu'il est beau! le bon Apôtre!

C'est l'Amour, &c.

En vérité, ma chere Lisette, je le trouve toujours charmant : il est engraissé des trois quarts ; il a des couleurs brillantes, il a du feu dans les yeux ; ah ! si ce feu étoit encore pour moi ; mais il m'aura oublié, il ne m'aime plus !....

FRONTIN.

Madame, j'ai l'honneur de vous saluer.

MANON, *à Lisette.*

Quel est cet original-là ?

LISETTE.

N'est-il pas vrai que vous ne le reconnoissez pas ? C'est Frontin.

MANON *à Frontin, avec précipitation.*

Ah ! c'est toi, mon cher Frontin ; hé bien, dis-moi, ton maître m'aime-t-il encore ? A-t-il souvent parlé de moi ? Pense-t-il à moi ? Répond vîte.

FRONTIN.

S'il vous aime, Madame ! En pouvez-vous douter ?

MANON, *avec précipitation.*

Il m'aime encore ! Ah ! Frontin, va lui dire que je l'aime ; que je lui demande pardon ; que je me jette à ses genoux ; que je l'adore ; que je....

LISETTE.

Tubleu, Madame, comme vous y allez ! Là, là, là, vous ne vous possédez pas ; mais savez-vous bien que votre petit chevalier vous croit infidelle ; & que si Frontin lui dit que vous êtes ici, il ne voudra pas venir. Frontin dis à ton maître qu'il y a ici une dame de ses parentes, qui étoit présente à sa thèse, & qui le demande ; va mon enfant.

FRONTIN.

Oui, mais je veux t'embrasser auparavant, hen, coquine, tu m'aimes donc bien toujours ?

MANON, *le retirant pour qu'il s'en aille.*

Auras-tu bien-tôt fini ? Allons, vole & reviens.

FRONTIN, *en s'en allant.*

Madame, chacun pense à ses affaires.

## SCENE IV.

### MANON, LISETTE.

MANON.

AH! Lisette, s'il m'aimoit encore! je lui donne tout mon bien; je veux me marier aujourd'hui avec lui, sans différer : lui seul peut faire mon bonheur; mais comment va-t-il me recevoir? Son cœur sera-t-il toujours le même à mon égard?

LISETTE.

Madame, le voici.

## SCENE V.

### MANON, DESGRIEUX, *en habit d'Abbé*, LISETTE, FRONTIN.

MANON, *se jettant au col de Desgrieux.*

HÉ! bon jour, mon ange, embrasses moi, reconnois ta Manon : elle t'aime, & t'adore toujours : depuis deux mois qu'elle ne t'a vû, elle n'a pas été un instant sans penser à toi; mais qu'as-tu? Quelle froideur! Toi, qui m'aimois tant! Pourquoi cette tristesse? Parles.

DESGRIEUX, *d'un air d'indignation.*

Perfide, ingratte, retirez-vous! & prodiguez vos graces, & vos faveurs à ceux qui sçauront vous payer: votre présence met la fureur dans mon ame.

MANON, *d'un air de surprise, & de douleur.*

Perfide, ingratte! qui? moi! Desgrieux, tu me crois donc coupable de t'avoir trahi; moi à qui tu as fait goûter les premieres douceurs de l'amour; moi qui ne vivois, & ne vis encore que pour toi.... Je suis perfide, grand Dieu!

DESGRIEUX.

Etoit-ce pour moi, cruelle que vous avez engagez M. de Minarville à écrire à mon pere pour qu'il me fasse enlever, & que par ce moyen vous puissiez avoir de nouvelles amours? Ingrate! Après tout ce que j'ai fait pour toi. Je m'étois évadé d'Amiens, je refusois, pour toi, de rentrer dans les bras de mon pere; & tu ne m'aimois que du bout des lévres, capable d'en dire autant au premier venu.

MANON, *se retournant, & d'un ton de la plus vive douleur.*

Est-il permis que Desgrieux me connoisse si mal!

LISETTE, *se mettant entre Manon & Desgrieux, & adressant la parole à Desgrieux.*

Allez, Monsieur, vous accablez ma maitresse de douleur, tandis qu'elle n'est aucunement coupable ; je vais vous apprendre ce qui s'est passé. D'abord, j'ignore comment M. votre pere a su votre amour & votre liaison ; ma maitresse en sait encore moins que moi, mais à votre départ vous lui avez laissé très-peu de fonds. M. de Minarville, qui demeure dans la même maison, est venu deux ou trois fois lui rendre visite, & en moins de quinze jours, ma maitresse a reçu des présens de toutes especes, sans savoir de qui ils venoient ; elle les avoit renvoyé à M. de Minarville, qui les a niés : ces présens lui ont fait un fond considérable, & l'ont fait subsister avec magnificence ; insensiblement M. de Minarville a voulu s'insinuer plus avant auprès de ma maitresse, ses visites devenoient plus fréquentes, il a fait des propositions, quinze mille livres de rente, équipage, &c. aujourd'hui même, il lui offre cinq cents louis pour commencer, si elle veut venir ce soir chez lui y souper & y passer la nuit ; & lui a assuré que, sur son refus, il ne remettroit jamais les pieds chez elle. ( *Ici Desgrieux prend un air gai, qui augmente à chaque parole de Lisette.* ) Mais ma maitresse a toujours constamment refusé : elle ne pensoit qu'à vous, ne prononçoit jamais que votre nom. Oh ! mon cher Desgrieux, disoit-elle, si tu connoissois mon cœur, mon amour & mon attachement, si je pouvois te retrouver, si tu m'aimois encore, dans quelque coin de l'Univers que tu sois, j'y volerois, je suivrois la trace de tes pas.

DESGRIEUX, *se jettant aux genoux de Manon.*

O trop adorable Manon, pardonnes-moi mon erreur, je suis coupable de t'avoir si mal connue ;

mais dans quel état me retrouves-tu, & que me demandes-tu?

MANON, *l'embrassant, & le relevant.*

Ton cœur, cruel, sans lequel il est impossible que je vive.

DESGRIEUX.

Demandes-moi plutôt la vie, car mon cœur n'a jamais cessé d'être à toi.

FRONTIN.

Oh! la belle vocation que nous avions-là pour l'État Ecclésiastique.

MANON.

Je veux que tu quitte ton méchant collet, & que tu m'épouses ce soir sans plus tarder. Je me jetterai aux genoux de ton pere, & par mes larmes, & mes prieres, je ferai tant que je t'obtiendrai.

ARIETTE.

O tendre amant! toi que mon cœur adore,
Viens dans mes bras obtenir ton pardon;
A mon amour, au feu qui me dévore,
Méconnois-tu ta fidelle Manon?

Je te retrouve, & te revois encore;
Plus de chagrin, nous entrons dans le port:
Soyons ainsi unis jusqu'à la mort;
Et qu'en tous lieux je te repete encore,

O tendre amant! toi que mon cœur adore!
Viens dans mes bras obtenir ton pardon;
A mon amour, au feu qui me dévore,
Méconnois-tu ta fidelle Manon?

DESGRIEUX.

Et M. de Minarville, qu'en ferons-nous?

FRONTIN.

Il n'y aura qu'à le mettre au Séminaire.

MANON.

Nous en ferons ce que nous pourrons.

DESGRIEUX.

Hé bien, Manon, qu'allons-nous faire actuellement? Il faut nous défaire de M. de Minarville; fait mettre les chevaux à ton carosse, volons de ce pas chez mon pere: il est bon, il se laissera fléchir.

ARIETTE.

Quand une fois le mariage
Aura scellé les biens que l'Amour nous a faits,
Oui, je metterai tout en usage
Pour que notre bonheur ne tarisse jamais.

Ta volonté sera la mienne;
Toujours plaisirs nouveaux renaîtront sous tes pas:
Nous n'aurons ni chagrin, ni peine,
En pourroit-on avoir, ô Manon! dans tes bras?

Deux Amans qui peuvent se plaire,
Quand rien ne peut troubler leurs transports amoureux,
Sont deux Divinités sur terre;
Plus contens que des Rois, tout semble fait pour eux.

MANON.

Tout ce que tu me dis; m'enchante; allons donc de ce pas obtenir le consentement de ton pere : mais il me vient une idée : je dois souper ce soir chez M. de Minarville, je t'y ferai souper avec moi; je lui dirai que j'ai un petit frere qui arrive du Collége aujourd'hui, ayant fini ses classes; que ce jeune homme qui sort pour la premiere fois de son petit hémisphère, n'a encore rien vû; & que s'il vouloit lui faire bien du plaisir, ce seroit de le faire souper avec nous : c'est toi qui sera ce petit écolier, tu te metteras en petit habit percé, un chapeau rongé, des manchettes pleines d'encre; en un mot, comme un écolier; tu sortiras le pemier après souper, & je t'irai rejoindre; qu'en penses-tu? Nous nous moquerons de M. de Minarville tout à notre bien-aise, d'autant plus que ta présence à table sera charmante, & retiendra notre vieux libertin, s'il veut s'émanciper.

DESGRIEUX, *bas.*

Oh! Tiberge, mon ami, si tu voyois les écarts dans lesquels je m'égare, & m'enfonce de plus en plus. (*Haut.*) Entre nous deux, Manon, sçais-tu que tout cela n'est point du tout de mon goût, & qu'il ne peut que nous en arriver mal : nous ferions beaucoup mieux d'aller de ce pas chez mon pere.

MANON.

Tiens, Desgrieux, j'ai la plus grande envie & la plus grande démangeaison de rire un peu, & de me moquer de ces vieux pécheurs qui croient que l'amour ne s'obtient qu'avec de l'or; je lui ferai bien sentir le contraire aujourd'hui : je veux que tu aies de l'esprit, entends-tu ? Je veux que tu sois gai, & qu'avec un petit air enfantin, tu lui donne son paquet bien appliqué.

DESGRIEUX.

Ah ! Manon, on ne peut rien te refuser.

ARIETTE.

Ah ! que sur nous une femme a d'empire !
Elle nous a entre les mains,
Comme un enfant à qui, pour faire rire,
On donne de petits moulins.

Cet enfant n'a qu'à dire vole, vole,
Et tôt, tôt, tôt, son moulinet,
Et tourne, & vole, & tourne, & vole, vole,
Fait son devoir de moulinet.

Ainsi, quand une femme que l'on aime,
A son amant a dit je veux,
Pour lui c'est une volonté suprême,
Un ordre qui lui vient des Dieux.

Ah ! que sur nous, &c.

MANON.

Vas, quand nous aimons bien, nous autres, nous sommes aussi sous la puissance de ceux que nous aimons. Mais il faut d'abord commencer par quitter ton petit collet : je vais sortir la premiere, mon carosse va t'attendre au coin de la rue, tu nous y viendras rejoindre ; allons, mon ange, je cours, & je t'attends.

## SCENE VI.

DESGRIEUX, FRONTIN.

DESGRIEUX.

Elle est innocente, & je l'avois quittée!

FRONTIN.

Hé bien, mon cher maître, que vais-je devenir moi? En quoi vais-je me métamorphoser actuellement? Reprendrai-je la livrée, ou resterai-je ici à m'engraisser ?

DESGRIEUX.

Tu n'as qu'a me suivre ; mais auparavant, comme je ne rentrerai pas chez moi, je te donne tout ce qui y est ; vas le prendre, & viens me rejoindre chez mon Tailleur où je vais de ce pas.

FRONTIN.

Oui, Monsieur, je n'y manquerai pas.

DESGRIEUX.

DESGRIEUX.

Mais prends bien garde d'être apperçu, surtout de Tiberge.

FRONTIN.

Et, non, non, Monsieur; rapportez-vous en à moi.

## SCENE VII.

DESGRIEUX, *seul.*

Que l'Amour est puissant sur nos cœurs! J'avois cru en avoir secoué le joug, & j'y suis actuellement plus que jamais. Que va-t-on dire de moi? Et de quel œil va-t-on me regarder? D'un côté, je me perds, car je crains, je suis même persuadé que mon pere rejettera ce mariage, & qu'il ne voudra plus me voir; je quitte un état, où j'ai les plus belles perspectives; & je m'éloigne de mon ami Tiberge, lui seul qui fait mon bonheur, & qui a pour moi une tendresse, & une amitié si forte, qu'il n'y a que la mort qui devoit nous séparer l'un de l'autre.... & je vais renoncer à lui.... Je ne recevrai plus de tes conseils ô mon cher Tiberge! ma barque entre dans une mer orageuse, & personne ne pourra en prendre le gouvernail, & la sauver; ô Tiberge! Tiberge!... D'un autre côté, je vais revivre dans les bras de l'Amour : je rentre dans tous mes droits auprès de ma tendre Manon. O ciel! vous êtes témoin de la pureté de mes intentions, & que le mariage est le seul but... Oui, Tiberge, je t'en donne ma parole; & d'ailleurs, mon cher Tiberge, tu sçais le dégoût & la répugnance que j'ai toujours eu pour mon état présent; &, sans ta société, j'en serois sorti presqu'en y entrant; mais l'amour & l'amitié ne sont point inséparables, & je veux en ce jour les unir.

*Fin du premier Acte.*

# ACTE II.

*Le Théâtre représente un beau Sallon de l'appartement de M. de Minarville, orné très-magnifiquement.*

## SCENE PREMIERE.

FRONTIN, *ivrogne, & ne se soutenant plus.*

MA foi, mon petit cher Frontin ; mon petit bon homme, mon petit cher homme, avoue que tu as bien bu, & que tu t'en est donné... Ah, ah, Lisette, Lisette, que tu est gentille, ma petite reine ; qu'avec toi on fait des belles choses ! mais... mais tu me faisois bien boire, ô oui, & même un petit peu trop, ma petite mere.... Je crois que je vois plus d'une lumiere, je ne me soutiens guères non plus... La tête me tourneroit-elle ? Remettons notre chapeau ; là : c'est que ça donne du poids, vraiment.... Mais au reste... quand je serois un petit peu gris, c'est que je m'en moque, dame.

## SCENE II.

### TIBERGE, FRONTIN.

TIBERGE *seul.*

C'EST ici la demeure de M. de Minarville. Mes yeux ne me trompent-ils pas ? Ce ne peut être ici que le Palais d'un Prince, & non la maison d'un simple particulier ; quelle magnificence ! Quelle somptuosité ! Je pourrai trouver ici mon pauvre ami Desgrieux ; car sa petite créature est actuellement entretenue par M. de Minarville ; quelle folie à Desgrieux de quitter ainsi son état, & de se jetter dans le libertinage, malgré tous les conseils que j'avois pu lui donner ! Qu'il en coûte à l'amitié de voir de tels dérangemens ! Tâchons de l'en retirer pour la seconde fois. ( *Appercevant Frontin.* ) Mais... mais, je crois que voilà son valet. Hé bien, Frontin, où est ton maître ?

FRONTIN, *toujours gris.*

Ah ! la belle avance, voilà notre sermoneur continuel ; depuis le matin, jusqu'au soir, il trouve toujours à redire à tout ; oui, oui à tout : hé, parlez donc Monsieur le docteur, que venez vous donc faire ici ? parlez donc, parlez.

TIBERGE.

Dans quel état le voilà, bon Dieu ! Tel maître, dit-on, tel valet. Hé bien, peux-tu me dire où est Desgrieux?

FRONTIN.

Il se passeroit bien de vous, & de vos conseils, & moi aussi; c'est que c'est vrai, çà.

TIBERGE.

Pour toi, cela pourroit très-bien être; & tu ferois aussi bien de t'aller coucher; mais te sens-tu capable de pouvoir me répondre?

FRONTIN.

Mon maître, il est avec sa bonne amie... Mais, moi, je ferois aussi-bien de m'aller coucher; adieu donc Monsieur. (*Il fait des saluts, & pense tomber à chaque pas.*)

TIBERGE.

Elle est donc ici?

FRONTIN.

Plaît-il?

TIBERGE.

Cette fille est donc ici?

FRONTIN, *en s'en allant.*

Non, non, non; mais.... c'est que je ne sais ce que je dis, n'est-ce pas? Adieu, Monsieur Tiberge.

## SCENE III.

### TIBERGE, *seul.*

OH! Desgrieux, mon ami, que ton sort me fait peine! Qu'il est souvent cruel d'être un véritable ami! Ce que je sens & éprouve à ton sujet me perce le cœur: comment, est-il possible que toi, mon cher Desgrieux, toi qui chéris la vérité, tu te laisses aller à de pareils écarts! Hélas! ces vains plaisirs, auxquels tu prétends, passent comme ton ombre qui va toujours devant toi. Ils sont d'ailleurs sujets à tant de dangers, que j'envisage avec frayeur le précipice affreux qui est sous tes pas. Amitié, vertu pure & sainte, viens m'inspirer dans ce moment pour dégager Desgrieux de sa passion funeste. Mais le voici qui vient; sous quel déguisement l'apperçois-je?

## SCENE IV.

TIBERGE, DESGRIEUX *en habit d'écolier.*

TIBERGE.

AH! mon ami, je te retrouve. (*Il lui saute au col.*)

DESGRIEUX, *avec surprise & troublé.*

Ah! Tiberge.

TIBERGE, *le regardant avec intérêt, & lui serrant la main.*

Mon ami! Tu voulois donc renoncer à moi, sans m'en prévenir? T'ai-je causé quelques peines? Qu'ai-je fait pour mériter ton oubli? Je le vois, tu ne m'aimes plus.

DESGRIEUX.

Peux-tu douter de mon amitié, mon respectable ami? Non, mon cœur sera toujours le même à ton égard; mais je te l'avouerai, quoique mon intention fut pure, j'ai crains tes reproches, j'ai crains tous les bons conseils que tu pouvois me donner; je redoute ta présence.... Tu sais qu'en amour on ne prend de conseil que de soi, & ne voulant point paroître devant mon ami, qui m'auroit soupçonné coupable, je t'ai fui, faut à ne me représenter à tes yeux, que lorsque je me serois entiérement justifié.

TIBERGE.

Et c'est précisément les seuls instans où tu a le plus grand besoin d'un ami! Mais songes-tu bien à ton égarement? Tu veux abandonner parens, fortune, état, raison, tout, pour.... O mon ami! non je ne te quitte pas, dussai-je m'exposer à toute ta colere.

DESGRIEUX, *bas.*

Quel contre-temps! ( *Haut.* ) Tu ne me connois pas, mon cher Tiberge; le libertinage n'a point de part dans mon action; le mariage est le seul but....

TIBERGE.

Desgrieux, crois-tu de bonne-foi que ton pere consentira de t'unir avec une créature qui t'a déja abandonné, qui n'a ni naissance, ni fortune, ni esprit, entierement perdue de réputation?

DESGRIEUX, *prenant un ton haut.*

Monsieur, ménagez vos termes, je vous prie, & ne jugez point sans connoître. Manon, grand Dieu! réuni toutes les belles qualités, & les vertus qu'une femme peut avoir.

TIBERGE, *avec douleur.*

Que l'amour est aveugle! Ah! Desgrieux, ( *Se jettant à ses genoux.* ) Au nom de l'amitié, au nom de ce que tu as de plus cher, renonces à ta folie, quittes une passion qui va te perdre, rentres dans le sein de la raison : elle te rend les bras ; elle veut faire ton bonheur, & tu la fuis... (*Se relevant, & d'un ton de désespoir.*) Mais tu es sourd à mes conseils ; mon amitié ne te touche plus, je t'abandonne à toi-même, & vais pleurer sur ton sort. (*Il s'en va.*)

DESGRIEUX, *d'un air attendri & ému, bas.*

Quel ami ! (*Haut, & arrêtant Tiberge.*) Ah ! Tiberge, tu me perces le cœur.... Tiens.... Je ne sais dans quel état je suis.... Je.... Je ne me connois pas.

TIBERGE, *d'un air de contentement.*

Mes souhaits s'accomplissent donc ! La raison reprend sur mon ami tous ses droits ! Desgrieux, ô mon cher Desgrieux ! que ce moment m'est sensible ; allons, la vertu est encore ta loi, viens mon cher ami, la Religion fera le reste ; nous allons prendre une voiture, & nous rendre de ce pas à la maison de campagne de mon oncle, où tu vas rétablir le calme dans ton cœur.

DESGRIEUX, *hésitant.*

Quoi ! pour conserver mon ami, il me faudroit renoncer à ce que j'ai de plus cher !

## SCENE V.

### DESGRIEUX, TIBERGE, MANON.

MANON, *appercevant Desgrieux dans son habit d'Ecolier.*

AH, ah, ah, comme te voilà dans ce nouvel habillement; tu me réjouis, mon cher ami, tu me parois adorable, divin! Allons, fais bien ton exercice : tiens, mets une main dans ta poche, tiens de l'autre ton joli chapeau comme ça; là, ronges-en un coin; bon, tes manchettes sont noires, oh tu n'as rien oublié, c'est bien là l'habit qu'il te faut : allons, bon, oh comme je vais rire, ah, ah, ah! (*A Tiberge.*) Comment le trouvez-vous, Monsieur? (*Pendant ce temps, Desgrieux a un air morne & irresolu.*)

TIBERGE, *à Desgrieux, d'un air assez bas.*

Allons. (*A Manon.*) Je ne connois rien à tout cet arrangement-là, Mademoiselle.

DESGRIEUX, *toujours dans la même incertitude.*

Manon!... Tiberge!....Tiens Manon, je ne puis te rien céler; mon ami, que voilà, veut que je renonces à toi : il me persécute, pour que je te quitte.

MANON, *à Tiberge.*

Est-ce vrai, Monsieur?

TIBERGE.

Mademoiselle, je vous crois de l'esprit.

MANON.

Tout de bon! Vous me faites bien de l'honneur.

TIBERGE.

Vous aimez Desgrieux; je m'en rapporte à vous; quoique vous soyez partie intéressée, je suis persuadé que vous ne me désapprouverez pas.

MANON.

Voyons donc où vous en voulez venir.

TIBERGE.

Si vous aimez Desgrieux, vous devez vouloir tout ce qui peut faire son bonheur.

MANON.

Vous avez raison, jusqu'ici.

TIBERGE.

Or, j'admets que vous réunissiez toutes les belles qualités qu'une femme puisse avoir, vous ne pouvez jamais faire son véritable bonheur.

MANON, *avec vivacité.*

Ah! quel blasphême dites-vous là? allez, croyez-moi, mon cher Monsieur:

ARIETTE.

Le bonheur n'est que pour les vrais amans,
Ils goûtent seuls cette volupté pure,

Qui rend leurs feux si vifs, & si touchans,
Et qui n'existe que dans la nature.

La volupté qui fait tous nos desirs,
Seule adoucit les chagrins de la vie.
La Volupté, l'âme de nos plaisirs,
Est de l'Amour la compagne chérie.

Quelle douceur d'être avec ce qu'on aime !
Tout, avec lui, renait & s'embellit;
Tout vous sourit, & la Nature même,
A vos transports, avec joie applaudit.

Oui, en vérité, mon cher Monsieur, on ne peut avoir de plus grande satisfaction que d'être avec ce qu'on aime. Le voir, lui parler, ne lui point parler, penser à lui, penser à des choses indifférentes; mais auprès de lui, c'est toujours le même plaisir : il embellit tout ce qui l'environne; & actuellement même que je suis avec mon ami Desgrieux, quoique vous soyez baroque dans votre sentiment, il s'élance cependant de Desgrieux certains rayons de son amour, de.... sa divinité même pour moi, sur vous, qui font que je vous trouve aimable.

TIBERGE.

Ah! Mademoiselle, que vous voyez d'un œil bien différent du mien, une passion qui vous offusque pour le présent, & qui peut faire votre malheur par la suite. Croyez-moi, laissez Desgrieux libre de rentrer dans le chemin de la vertu, dont il s'est écarté pour vous, & vous vous ferez à vous-même le plus grand honneur.

ARIETTE.

La Vertu ! Que ce nom a d'attraits pour un cœur !
Par elle, on vit sans trouble & sans inquiétude ;
On se fait, de la suivre, une heureuse habitude,
Et jamais le remords n'en ternit la douceur.

Un mortel vertueux, & qui, par son courage,
S'est pu mettre au-dessus de toute passion,
Est content en tous lieux, en tous tems, à tout âge ;
Et son ame est tranquille au sein de la raison.

Dans ses jours si sereins, il ne voit qu'une fête ;
Il ne regrette point le tems qu'il a passé :
Il jouit du présent, ce qui n'est point aisé ;
Et l'avenir affreux n'a rien qui l'inquiéte.

Voilà le vrai bonheur, Mademoiselle, & il n'y en a point d'autre.

MANON, *à Tiberge.*

Mais.... Vous êtes encore tout jeune, & vous raisonnez comme un vieux Philosophe. (*A Desgrieux.*) Et tu ne te remues pas, toi... Tu ne lui réponds rien ? Tu goûtes donc ce qu'il dit?

DESGRIEUX.

Je voudrois bien le goûter ; mais avec toi, Manon, cela m'eſt impoſſible.

TIBERGE.

Voilà l'homme ; il fuit la vertu qu'il aime, & ſuit le mal qu'il hait.

MANON.

Allons donc, Monſieur le Philoſophe ; mais, quand je veux, je philoſophe auſſi ; dites-moi, je vous prie, Monſieur le beau raiſonneur, ſi une jolie femme comme moi, par exemple, car je ſais ce que je vaux ; ſi, dis je, une jolie femme comme moi vous aimoit bien ; tenez, comme j'aime Deſgrieux, vous ne ſeriez donc aucunement émû ? Vous la laiſſeriez ſécher de douleur, & vous vous enfuiriez . . . .

DESGRIEUX, *bas.*

Que d'eſprit !

TIBERGE.

Ah ! Mademoiſelle, que vous êtes dangereuſe pour un cœur qui n'eſt pas encore fait.

MANON, *avec la plus grande chaleur.*

Tenez, vous me mettez en fureur, lorſque je vous entends raiſonner ſi mal.... Quoi ! vous êtes donc un être indifférent, un être inſenſible ? Ah ! Monſieur, avez-vous été quelquefois à la Comédie ?

TIBERGE.

Jamais, Mademoiselle.

MANON.

Tatpis; car je me suis toujours ressouvenue de quatre vers que j'ai entendus, il y a quelque temps dans *l'Anglois à Bordeaux*; on devroit les mettre tous les jours devant les yeux; les voici:

Une âme seche, une âme dure,
Devroit rentrer dans le néant:
C'est aller contre l'ordre; un être indifférent
Est une erreur de la Nature.

Entendez-vous bien? Un être indifférent est une erreur de la nature; on devroit vous cogner le nez de ces vers-là; mais Philosophe maudit, Philosophe de balle. Dieu n'a-t-il pas fait le plaisir de l'Amour pour l'homme? pourquoi donc le fuiroit-on? Savez-vous que c'est un crime de lèze-nature, que de se priver des plaisirs qu'elle aime à nous procurer?

TIBERGE.

Ah! Mademoiselle, l'Amour est suivi de tant de peines & de chagrins, que l'on doit être heureux de n'être point sous sa dépendance.

MANON.

Suivi, suivi.... Monsieur le raisonneur; si le mal de tête venoit, à ceux qui aiment à boire, avant l'ivresse, ils se garderoient bien de boire; mais la Volupté, par finesse, précéde l'Amour, & nous cache les prétendus désagrémens qui peuvent être à sa suite : au lieu que votre prétendue vertu, qui n'est point vertu, ne vous le figurez pas, est toujours précédée, oui, précédée, accompagnée & suivie de tristesse, d'ennui, d'amertume, & d'un dégoût universel.

TIBERGE, *à Manon.*

Mademoiselle, vous êtes une Sirène qui perdez la Jeunesse. (*A Desgrieux.*) Desgrieux, vous savez ce que je vous ai demandé ; un oui ou un non.

MANON.

Allez, vieux fol, & laissez-nous en repos.

DESGRIEUX.

Tiberge, tu es obligé de céder au raisonnement de Manon, comment pourrois-je y résister, tandis que tous ses charmes, son esprit & son cœur conspirent contre moi ?

TIBERGE.

Je te quitte ; mais tu m'auras obligation par la suite.

SCENE

# SCENE VI.

## MANON, DESGRIEUX.

MANON.

Dis-moi donc un peu, qui t'a bâti un ami comme celui-là ?

DESGRIEUX.

Il ne m'aime que trop ; & je crains, par les derniers mots que je viens d'entendre, qu'il n'aille chez mon pere, & qu'il ne lui suggere des obstacles sans fin à notre bonheur : ne différons pas, je t'en prie, prévenons-le, & allons de ce pas chez mon pere.

MANON.

Hé ! mon Dieu, ne crains rien : s'il part, il ne partira que demain ; & nous, nous partirons ce soir.

DESGRIEUX.

Ah ! quand l'amitié veut obliger, elle va un train de poste.

MANON.

Oui ; mais l'Amour a des aîles. Ah ! voilà M. de Minarville.

## SCENE VII.

### MANON, DESGRIEUX, M. DE MINARVILLE.

MANON.

Monsieur, voici mon petit frère, que j'ai l'honneur de vous présenter, dont je vous ai déja parlé.

M. DE MINARVILLE.

Oui, ma petite voisine; tout ce qui vous touche, me touche infiniment.

MANON.

Allons, mon petit frère, salue Monsieur; c'est un de mes bons amis, tu auras l'honneur de le voir souvent: fais bien ton profit d'un si bon modele.

DESGRIEUX, *faisant de grands saluts.*

Monsieur, j'ai l'honneur de.....

M. DE MINARVILLE.

Vous êtes bien genti, mon petit ami; quel âge avez-vous?

DESGRIEUX, *rongeant un coin de son chapeau.*

Dix-huit ans, Monsieur.

MANON, *lui tirant le bras.*

Finis donc, est-ce comme ça qu'on se tient? c'étoit bon devant ton Régent, en disant ta leçon; mais à Paris, on met son chapeau sous le bras.

M. DE MINARVILLE, *à Manon.*

Il est assez grand pour son âge. (*A Desgrieux.*) Où avez-vous étudié?

DESGRIEUX.

A Amiens, Monsieur.

M. DE MINARVILLE.

Actuellement que vous voilà sorti du Collége, vous allez entrer dans un monde bien différent: il faut que vous soyez sur vos gardes, car les jeunes gens se laissent facilement aller à la débauche.

DESGRIEUX.

Ah! vous avez bien raison, Monsieur; mon Régent me l'a bien dit: & il m'a encore ajouté que les vieillards, comme vous, étoient de même.

MANON, *à M. de Minarville.*

Mon petit frere dit tout ce qu'il pense; car vous savez qu'à cet âge, on ne sait ce que c'est que de ménager ses mots; mais du reste, il est si sage, qu'il ne parle que de se faire Prêtre, & tout son plaisir n'est que de faire des petites chapelles.

DESGRIEUX.

Ah! ma sœur, vous êtes bien bonne ; mais...

M. DE MINARVILLE, *à Manon.*

Je lui trouve votre [illegible], & il vous ressemble, ma chere amie.

DESGRIEUX.

Monsieur, c'est que nos chairs se touchent de bien près ; aussi j'aime ma sœur Manon comme un autre moi-même.

M. DE MINARVILLE.

Manon, Manon, ce mot n'est pas trop honnête : on vous appelloit comme cela, pour vous distinguer dans votre famille de vos autres freres & sœurs ; mais à présent que vous êtes éloignée de votre pays, que l'on ne vous connoît point à Paris, vous devriez prendre un autre nom : celui de votre famille, votre frere aîné le porte, cela suffit ; prenez un nom plus élevé, la Marquise de Volle Feuille, par exemple, le nom brille.

DESGRIEUX.

Oh! fi donc, Monsieur, c'est vilain : on dit qu'il n'y a que deux especes de personnes qui portent à Paris le nom de Marquise, celles qui le sont véritablement, & les filles.

M. DE MINARVILLE, *en riant.*

Où avez-vous donc vu ça, mon petit ami?

DESGRIEUX.

J'ai vu ça dans des livres, Monſieur.

M. DE MINARVILLE, *à Manon.*

L'entendez-vous ? Il a de l'eſprit ; c'eſt dommage qu'il n'ait pas un peu plus l'air du monde.

DESGRIEUX.

Ah ! Monſieur, j'en ai vu beaucoup chez nous dans les Égliſes, & je crois que j'en trouverai à Paris de plus ſots que moi.

M. DE MINARVILLE, *toujours d'un air affable.*

En vérité, cela eſt admirable, pour un enfant de province ; ſerez-vous bien-aiſe, mon petit ami, de ſouper avec nous ce ſoir ?

DESGRIEUX.

Oui, Monſieur, mais je voudrois bien ſouper auſſi avec ma ſœur.

M. DE MINARVILLE.

Oui, mon petit ami, elle m'a promis d'être des nôtres.

MANON.

Viens, mon frere, un moment avec moi. (*A M. de Minarville.*) Je ſuis à vous dans l'inſtant.

## SCENE VIII.

M. DE MINARVILLE, UN VALET.

L E V A L E T.

MONSIEUR, M. l'Abbé Pantouflet du Volage.

M. DE MINARVILLE.

Faites entrer.

## SCENE IX.

M. DE MINARVILLE, L'ABBÉ PANTOUFLET.

M. DE MINARVILLE.

HÉ ! voilà notre cher Abbé; comment cela va-t-il, notre ami?

L' A B B É.

Comme un charme, mon cher Monsieur, comme un charme.

M. DE MINARVILLE.

Vous ferez des nôtres à souper. (*Bas, d'un air de mystère.*) J'ai avec moi ma petite voisine, je serai bien-aise que vous la voyiez.

L'ABBÉ.

Oh! très-volontiers, mon cher maître; car, outre que vous me l'avez déja dit charmante, c'est que vous me l'avez encore vantée comme extraordinairement sage.

M. DE MINARVILLE.

Ma foi, l'Abbé, c'est le caractère le plus singulier, le plus original : depuis deux mois, je l'accable de bienfaits, je vais au-devant de tout ce qui peut lui faire plaisir; je suis riche, je l'aime, c'est tout dire; mais je ne puis rien obtenir d'elle : elle a de l'esprit, elle est gaie, charmante; entre nous c'est un trésor : elle vaut cent fois mieux que la Marquise de Chassignolle; mais pas pour un empire, elle ne veut rien m'accorder, cependant je l'aime toujours.

L'ABBÉ.

Est-il permis de trouver une fille comme cela dans tout Paris?, C'est un Phénix.

M. DE MINARVILLE.

Tout autre, il y a long-temps que je n'y eusse plus pensé; mais pour elle, c'est un je ne sais quoi, qui m'enleve, qui m'enchante.... (*Prenant l'Abbé par le bras.*) Mais j'espere qu'à force de bonnes façons.....

## SCENE X.

### M. DE MINARVILLE, L'ABBÉ PANTOUFLET, MANON.

M. DE MINARVILLE, *à Manon.*

Voici, ma petite voisine, M. l'Abbé Pantouflet, qui soupera avec nous ce soir, si vous voulez bien lui permettre.

L'ABBÉ, *en minaudant, & faisant un petit salut.*

Mademoiselle, je serai ravi jusqu'au troisiéme ciel, si vous voulez bien.... m'accorder la faveur d'être ce soir avec vous.

MANON.

Messieurs les Abbés font actuellement l'honneur des petits soupers; ainsi, Monsieur, vous ne serez pas de trop avec nous. (*Bas.*) Voilà du gibier pour Desgrieux & moi.

L'ABBÉ, *bas à M. de Minarville.*

Elle est charmante, en vérité; mais elle a un air trop décent, elle ne sent pas ce qu'elle est; vous ne pouvez la mener nulle part, la petite Chassignolle avoit un air plus à la mode.

M. DE MINARVILLE, *bas, à l'Abbé.*

Oui, c'est vrai. (*A Manon.*) Ma chere amie

autant je vous aime ſur toutes les autres, autant je voudrois que vous puiſſiez briller ſur elles; vous ne vous mettez point au goût du public, demandez à l'Abbé; il eſt de bon goût & de bon jugement; vous avez un air trop décent, ſi cela ſe peut dire.

L'ABBÉ, *en minaudant.*

Mademoiſelle, je n'aurois jamais, moi indigne, à prendre des leçons que de vous; mais ſi vous vouliez me le permettre, je vais vous conter, par forme d'amuſement, la leçon que j'ai vu ce matin donner à une petite fille qui entroit dans le monde.

MANON, *paroiſſant fort peu s'en ſoucier.*

Voyons, Monſieur l'Abbé, pour rire.

L'ABBÉ, *bas à M. de Minarville.*

N'eſt-ce pas là comme on fait entendre raiſon? (*A Manon.*) La voici, Mademoiſelle. (*Il touſſe, il crache.*)

ARIETTE.

Voulez-vous, ma petite enfant,
Vous mettre à la mode?
Vous allez apprendre comment,
Dans ce petit Code.

Il vous faudra, premierement,
La coëffure en coque,

Et vos cheveux artistement
Arrangés en toque.

Du blanc, du rouge, honnêtement,
Avec une mouche,
Que vous mettrez modestement
Auprès de la bouche.

Pour être mise noblement,
En fille bien née,
On se sert de douze agrémens,
Nommés d'eau filtrée.

On met ensuite, fierement,
Chapeau de Bergere,
Rien n'est plus certain, vraiment
Pour briller & plaire.

Que le fichu, discrétement,
Ne cache à la vue,
Pas le plus léger mouvement
D'une fille émue.

Il faut tout çà, ma chere enfant,
Pour être à la mode :
Lisez, & repétez souvent,
Tout mon petit Code.

Mais j'ai trouvé cette petite leçon si fort de mon goût, que j'en ai aussi-tôt pris copie; puis-je vous l'offrir, Mademoiselle ?

MANON.

Allez, Monsieur l'Abbé, je vous remercie; vous aimez l'art & l'illusion, moi j'aime la nature.

ARIETTE.

Qu'il est noble à la Créature,
Pour sa décence & sa simplicité,
De suivre en tout les Loix de la Nature!
C'est ainsi qu'on s'éleve à la Divinité.

Jamais au fard, pour pouvoir plaire,
Ne recourut l'innocente Vertu;
Il n'est qu'au Vice, pour se satisfaire,
D'emprunter des couleurs dont il est dépourvu.

Qu'il est noble à la Créature,
Pour sa décence & sa simplicité,
De suivre en tout les Loix de la Nature!
C'est ainsi qu'on s'éleve à la Divinité.

L'ABBÉ.

Je crois qu'oui... Tenez, Mademoiselle, je pense, à mon avis, que vous avez raison.

## SCENE XI.

Les Acteurs précédens, LE MAITRE D'HOTEL, *mis magnifiquement.*

LE MAITRE D'HOTEL.

MESSIEURS, vous êtes servis.

L'ABBÉ, *en riant, & offrant la main à Manon.*

Oh! çà vaut mieux çà, ah, ah, ah, n'est-ce pas, Mademoiselle? çà vaut mieux. Allons, M. notre cher maître.

*Fin du second Acte.*

# ACTE III.

*Le Théâtre représente une Salle à manger, où la Compagnie est à table ; le Maître d'Hôtel derriere M. de Minarville, chacun a son Valet derriere soi, celui de Desgrieux paroît encore ivre.*

## SCENE PREMIERE.

### M. DE MINARVILLE, MANON, DESGRIEUX, L'ABBÉ.

MANON.

Allons, nous voici au dessert. (*Aux Valets.*) sortez tous, & nous laissez seuls. (*Les Valets sortent.*) Monsieur l'Abbé, mais vous ne buvez pas : encore un petit verre de ce vin blanc, c'est du vin d'Espagne excellent.

L'ABBÉ.

Mademoiselle, épargnez-moi, de grace, je vous en prie ; je n'en puis mais....

MANON.

Comment ? vous me refusez ! (*Elle lui verse.*) Tenez, pour vous rendre amoureux.

L'ABBÉ, *tendrement.*

On n'en a pas besoin auprès de vous, Mademoiselle.

DESGRIEUX.

Est-ce que le vin blanc rend amoureux, ma sœur ? Donnez m'en donc aussi pour savoir ce que c'est, j'en ai plus besoin que M. l'Abbé.

MANON.

Tiens, avec tes petits doigts noircis.

DESGRIEUX, *après avoir bu.*

Ma sœur, qu'est-ce que l'Amour ? n'est-ce pas comme l'amitié ? J'ai lu dans mon Gradus que c'étoit synonyme. (*Pendant ce temps M. de Minarville appelle un Valet, & lui donne des ordres.*)

MANON.

Ah ! mon petit frere, vas, tu en es bien loin ; par exemple, j'ai de l'amitié pour M. l'Abbé, mais je n'ai pas pour lui d'amour. (*A l'Abbé.*) Pardonnez-moi, M. l'Abbé, si je mets ici votre nom ; mais votre état ne veut pas que j'aie pour vous d'autres sentimens.

L'ABBÉ.

Votre amitié se convertiroit donc en amour pour moi, si je n'étois pas ce que je suis ?

MANON.

Peut-être, M. l'Abbé. (*Bas à Desgrieux.*) Je nit l'eau à la bouche.

DESGRIEUX.

Mais vous, Monsieur, quels sont vos sentimens pour ma sœur? Voyons, est-ce de l'amour ou de l'amitié?

L'ABBÉ.

Ah! mon petit ami, vous me faites-là une question à laquelle je n'ose pas répondre.

DESGRIEUX.

Je serois bien charmé, moi, si vous aviez pour ma sœur de l'amitié, & pour moi aussi.

L'ABBÉ.

Mais, si j'avois une étincelle de cet autre sentiment, dont vous me parliez tout-à-l'heure, cela vous feroit-il de la peine?

DESGRIEUX, *avec surprise*,

De l'amour?

L'ABBÉ.

Hé bien, oui, de l'amour, par supposition, qu'en diriez-vous? (*A Manon.*) Ce n'est pas à vous que je parle, Mademoiselle, c'est à Monsieur votre frere.

M. DE MINARVILLE.

Comment! vous aimeriez Manon, M. l'Abbé?

L'ABBÉ, *en se récriant.*

Par supposition, Monsieur, par supposition ; c'est pour rire avec Monsieur, qui est tout-à-fait plaisant.

DESGRIEUX, *haussant la voix.*

Hé bien, je serois furieux contre vous.

L'ABBÉ.

Et pourquoi donc ?

DESGRIEUX.

C'est que vous ne pourriez aimer ma sœur.

L'ABBÉ.

Mais, mon petit ami, raisonnons un moment : je vais vous prouver que je puis aimer Mademoiselle votre sœur, je veux d'abord vous définir l'amour en Philosophe.

ARIETTE.

L'amour est un pur sentiment,
Un vif épanchement de l'âme,
Pour lequel naturellement,
Un homme sent pour une femme
Qui sait lui plaire, & le charmer,
Le desir de la posséder.

L'amour est un pur sentiment,
Un vif épanchement de l'ame,

Par

Par lequel, réciproquement,
Le cœur sensible d'une femme,
Desire de vaincre, & charmer,
Un homme pour le posséder.

Vous ne le sentirez que trop, mon cher ami.

M. DE MINARVILLE, *au Valet.*

Vous m'entendez. (*à l'Abbé.*) Voyons, un moment, que j'entende M. l'Abbé raisonner sur l'amour.

L'ABBÉ, *à M. de Minarville.*

Nous soutenons une thèse, le petit bon-homme & moi; le badinage est tout-à-fait plaisant. (*A Desgrieux.*) Après ma définition, pourquoi n'aimerois-je pas Mademoiselle votre sœur?

DESGRIEUX.

Oui, mais vous êtes Abbé.

L'ABBÉ.

Oh! oui; mais je ne suis Abbé que pour la forme; à peine suis-je tonsuré : je n'ai ni bénéfice, ni charge d'ames, ni rien.

DESGRIEUX.

Ni Bréviaire, non plus, n'est-ce pas?

MANON, *à l'Abbé.*

Pourquoi donc déshonorez-vous votre habit.

L'ABBÉ.

Bien loin de cela, je l'honore. Un homme de mon importance est bien fait sûrement pour..... Pour.

DESGRIEUX.

Oui, pour, pour c'est bien dit, M. l'Abbé; mais voulez-vous me permettre de vous prouver que vous le déshonorez.

M. DE MINARVILLE.

Ah! voyons donc comment il va prouver çà... C'est tout-à-fait amusant.

L'ABBÉ, *un peu piqué.*

C'est un enfant, ça ne sait pas encore le monde; mais voyons toujours.

DESGRIEUX.

Par exemple, M. l'Abbé, on m'a dit au Collége que l'on voyoit très-souvent des Messieurs Abbés aux spectacles, à la Comédie, à l'Opéra, au Bal, & même dans de mauvais endroits, que je ne connois pas. Or, n'est-il pas vrai qu'en y allant, on vous y voit, on vous y remarque, on ne sait pas si vous êtes un Abbé manqué, ou non; & cela donne une mauvaise opinion en général de tout le corps Ecclésiastique, dont vous êtes une branche pourrie..... Tenez, si j'étois en place pour ceci, ah! vous verriez, comme je vous casserois cette branche pourrie, craque, jusqu'à la derniere racine, jusqu'au moindre filet.

M. DE MINARVILLE.

Il parle comme un Ange; en vérité, ma bonne voisine, vous avez un petit frere charmant.

L'ABBÉ, *piqué jusqu'au vif, mais ne voulant pas le faire paroître.*

Ce sont des raisonnemens d'écolier, c'est quelque thême qu'il aura retenu ; au reste, Mademoiselle, tout ce que j'ai dit n'étoit que pour badiner, vous en pouvez bien être persuadée.

MANON.

M. l'Abbé, j'en suis bien persuadée. (*Bas.*) Il est piqué.

M. DE MINARVILLE, *à Manon.*

Mais, vous m'aimez, moi, ma chere amie ? dites-moi donc que vous m'aimez.

MANON, *lui prenant la main & la mettant dans les siennes.*

Oh ! pour vous, vous n'avez point les difficultés de M. l'Abbé. (*Bas, à Desgrieux.*) Donne-lui aussi son paquet.

M. DE MINARVILLE, *à Desgrieux.*

N'est-ce pas, mon petit ami ? que je puis aimer Mademoiselle votre sœur ?

DESGRIEUX.

Mais, je ne sais pas ; voyons, aimez-vous ma sœur par amour, ou par amitié ?

L'ABBÉ.

Voilà le principe, dont il ne s'écarte jamais.

M. DE MINARVILLE.

Je l'aime par amour & par amitié.

DESGRIEUX.

Mais n'y a-t-il pas un des deux sentimens qui domine le plus? Là; ne me cachez rien.

M. DE MINARVILLE, *faisant la petite voix.*

Hé bien, oui, là; c'est l'amour.

DESGRIEUX.

C'est donc par amour que vous aimez ma sœur? J'en suis charmé; mais, à bon compte, buvons un petit coup.

L'ABBÉ, *prend la bouteille, fait semblant de ne point voir Desgrieux tenir son verre; il verse à tous les autres & à soi, & oublie Desgrieux.*

(*A Manon.*) Mademoiselle, pour conserver le sentiment que vous avez pour moi. (*A M. de Minarville.*) A votre amour, Monsieur l'amoureux. (*Après s'être versé & avoir mis la bouteille sur la table : à Desgrieux.*) Quoi! petit morveu, vous en voulez aussi? (*Il lui en verse.*)

DESGRIEUX.

Est-ce que vous êtes fâché contre moi, Monsieur l'Abbé, que vous m'appellez petit morveu?

MANON, *à Desgrieux.*

Mon frere, voyons ton mais : il faut que tu finisse, on ne finit pas pour mais.

DESGRIEUX, *à M. de Minarville.*

Vous disiez donc, Monsieur, que c'étoit par amour que vous aimiez ma sœur? (*A Manon.*) Voilà où j'en étois, n'est-ce pas? (*A M. de Minarville.*) Et bien, vous ne le devez, ni ne le pouvez.

L'ABBÉ.

Allons, mon petit ami, achevez, je serai curieux de voir comment vous allez vous en tirer.

DESGRIEUX, *à l'Abbé.*

Le petit morveu, hein. (*A M. de Minarville.*) Et vous, Monsieur, voici comme je prouve ma proposition; premierement, vous ne le devez pas; car, quel est le but légitime du mariage? C'est d'avoir des enfans; or je mets en fait que vous ne pouvez jamais en avoir, *ergo.*

M. DE MINARVILLE.

Hé, pourquoi donc?

DESGRIEUX.

Faut-il le demander? Vous êtes trop vieux.

M. DE MINARVILLE.

Comment! trop vieux.

DESGRIEUX.

Hé! oui, sans vous fâcher, vous avez soixante & dix ans, la vie de l'homme est fixée à soixante; voilà, par conséquent déja dix ans que vous êtes de trop dans le monde; vous ne devriez plus penser à l'amour ; vous êtes sur le bord de votre fosse, & vous voulez faire des enfans. Ah, ah, ah. C'est comme un vieil arbre qui ne peut plus porter de fruit, & qui n'est bon qu'à faire du feu.

MANON.

Veux tu bien te taire, poliçon, tu ne sais pas vivre ; dit-on ainsi la vérité aux personnes ?

M. DE MINARVILLE, *regardant Manon d'un air tendre.*

La vérité !

MANON.

Ah ! je me trompois, Monsieur : je voulois dire qu'on ne doit jamais dire ce que l'on pense, lorsque la pensée est offensante à celui à qui on en fait part.

L'ABBÉ.

Il raisonne comme un Ange ; en vérité, ce petit Monsieur, il est tout-à-fait charmant.

M. DE MINARVILLE, *après un moment de silence. A Desgrieux.*

Monsieur, voyons votre second point.

DESGRIEUX.

Je ne veux plus rien dire, vous vous fâchez.

M. DE MINARVILLE, *d'un sang-froid forcé.*

Non ; vous voyez que je suis de sang-froid.

DESGRIEUX.

Si vous le voulez, le voici : c'est que vous ne

pouvez pas vous marier avec une jolie femme, parce que jamais elle ne voudra de vous.

M. DE MINARVILLE, *toujours du même ton.*

Jamais elle ne voudra de moi ! ( *Bas & furieux...* ) Ah! le maudit enfant, jamais on ne m'a parlé comme çà de ma vie.

DESGRIEUX.

Et non, vous dis-je, vous êtes trop vieux; vous ne pourriez jamais la contenter; ainsi c'est avec grande raison qu'elle ne voudra pas de vous; & j'en tire la preuve de moi-même, c'est que si on me donnoit en mariage une femme de votre âge, j'aimerois mieux, je crois, être aux Galeres pour toute ma vie que de la prendre... Vous ne répondez rien à mon raisonnement, que je veux encore appuyer de votre exemple journalier; ne vous souciez-vous pas d'avoir à votre carosse deux chevaux de même taille, de même âge, de même poil? Vos chiens de chasse ne sont-ils pas toujours complets? Et les bœufs qui traînent les charrues de vos Fermiers ne sont-ils pas de forces pareilles? Car sans cela rien n'iroit; comment voulez-vous donc que le mariage soit le seul cas où cette proposition si juste, & si naturelle, ne soit point adoptée.

M. DE MINARVILLE.

Mon cher Monsieur, vous êtes un insolent; & si ce n'est pour Mademoiselle, vous pourriez...

DESGRIEUX.

Je ne ſais ce que c'eſt que l'inſolence, Monſieur.

L'ABBÉ.

Voilà la candeur de l'âge, il dit tout ce qui lui paſſe dans la tête.

DESGRIEUX.

Je ne ſuis pas accoutumé à me coucher ſi tard, Monſieur, j'ai l'honneur de vous ſouhaiter le bon ſoir, & à vous auſſi, Monſieur l'Abbé. Bon ſoir ma ſœur. (*Bas à Manon.*) Ne manque pas au rendez-vous.

## SCENE II.

### M. DE MINARVILLE, L'ABBÉ, MANON.

M. DE MINARVILLE.

Vous avez-là, ma chere amie, un petit frere qui en sçait trop pour son âge.

MANON.

Voilà la premiere fois que je le vois; je ne l'aurois jamais cru si mordant; il faut que son coquin de valet lui ait appris bien des choses.

(*Elle sort.*)

M. DE MINARVILLE.

Où allez-vous, ma chere amie?

MANON.

Je reviens dans l'instant.

L'ABBÉ.

Mademoiselle, peut-on vous offrir le bras?

MANON, *à l'Abbé.*

Bon! Monsieur l'Abbé, on fera quelque chose de vous.

## SCENE III.

**M. DE MINARVILLE, L'ABBÉ,** *ils sont un moment sans se rien dire.*

M. DE MINARVILLE.

CELA vous faisoit donc plaisir de m'entendre injurier par ce petit Ecolier ?

L'ABBÉ.

Et vous, Monsieur, vous buviez du lait, lorsqu'il avoit commencé par se moquer de mon état.

M. DE MINARVILLE.

Je n'attendois pas cela de vous, assurément.

L'ABBE, *chante.*

Ta, là, là, là, là.

## SCENE IV.

### M. DE MINARVILLE, L'ABBÉ, LA FLEUR.

LA FLEUR.

Monsieur, voulez-vous que nous ôtions le couvert ? Toute la compagnie est sortie, & il n'y a plus que vous & M. l'Abbé.

M. DE MINARVILLE.

Et Mademoiselle Manon ?

LA FLEUR.

Monsieur, elle est sortie avec M. son frere, ou du moins, que vous croyez tel.

M. DE MINARVILLE.

Comment ! Qu'est-ce que tu dis ?

LA FLEUR.

Oui, Monsieur, elle m'a dit de vous dire, comme ça, qu'elle vous souhaitoit bien le bon soir ; & le Laquais de ce jeune Monsieur, que vous prenez pour le frere de Mademoiselle Manon, m'a dit que ce jeune homme, Monsieur, étoit l'amant de Mademoiselle Manon, & qu'il s'appelloit Desgrieux.

M. DE MINARVILLE, *désespéré.*

Ah ! M. l'Abbé, je suis trahi.

L'ABBÉ.

Monſieur, voilà un événement auquel je ne m'attendois pas; je vous conſeille d'aller à l'inſtant chez M. le Lieutenant de Police, de demander main-forte, & de les faire renfermer; pour moi, mon caractère me force de ne point me mêler de cette affaire, & d'ailleurs il eſt heure indue; adieu, juſqu'au revoir.

## SCENE V.

M. DE MINARVILLE, LA FLEUR.

M. DE MINARVILLE.

SE jouer ainſi d'un galant homme comme moi! Manon me trahit, & ſon amant ſe moque de moi.

ARIETTE.

Sous l'air de la candeur,
Sous l'air de l'innocence,
Triomphent la noirceur,
La fraude & l'impudence.

Se rire ainſi de moi,
D'un homme d'importance,
D'un Écuyer du Roi,
D'un homme de Finance.

Tromper ma bonne-foi,
Quel excès d'insolence!
Vîte, implorons la Loi,
Le Bourreau, la potence.

Que dis-je? La potence!
Il faut un échafaud
Pour une telle engeance;
Allons, vîte, il le faut.

La Fleur, vas dire à Labride de mettre les chevaux, à l'instant, il faut que je sorte.

## SCENE VI.

### M. DE MINARVILLLE, LISETTE, LA FLEUR.

LA FLEUR.

Monsieur, Labride dit comme ça que votre carosse est prêt.

M. DE MINARVILLE.

C'est bon, écoute; ne m'as-tu pas dit que ce jeune homme s'appelloit Desgrieux; c'est le fils du Comte Desgrieux : il faut que tu ailles à Versailles, où il demeure; prend le meilleur de mes chevaux de selle, & tu lui diras :

LA FLEUR.

A votre cheval, Monsieur?

M. DE MINARVILLE.

Gros butord, je te dis de dire à M. le Comte Desgrieux qu'il vienne ici dans l'instant pour une affaire de la derniere importance.

LA FLEUR.

A propos, Monsieur, il vient d'entrer tout-à-l'heure chez vous trois Messieurs qui demandent à vous parler, & qui vous attendent dans votre anti-chambre.

M. DE MINARVILLE.

A minuit ; c'eſt une viſite indue : faites entrer cependant.

LA FLEUR, *en s'approchant de la porte.*

Entrez, Meſſieurs.

## SCENE VII.

Les Acteurs précédens, TROIS VALETS DU COMTE DESGRIEUX, LISETTE.

UN VALET DU COMTE.

Monsieur, Monſieur le Comte Deſgrieux, mon maître, vient d'apprendre que Monſieur ſon fils eſt ici avec ſa maîtreſſe ; & il nous a envoyé à l'inſtant, pour que nous le mettions dans une voiture qui nous a conduit ici, & que nous le ramenions chez lui.

LISETTE, *bas.*

Cela vient ſûrement de ce vilain M. Tiberge, le ſot ami que cet homme-là.

M. DE MINARVILLE.

Mes enfans, celui que vous cherchez n'eſt point ici : il vient de s'évader il n'y a qu'un inſtant ; ne vous en inquiettez pas, j'en aurai ſoin moi :

retournez chez votre maître, avec mon domestique qui est chargé de lui parler.

LE VALET.

Monsieur, cela suffit.

LISETTE, *bas.*

Retenons bien tout ceci pour en rendre compte.

M. DE MINARVILLE, *à la Fleur.*

Tu dis que mes chevaux sont mis? partons.

*Fin du troisième Acte.*

ACTE

# ACTE IV.

*Le Théâtre représente le Sallon de M. de Minarville, comme au deuxième Acte.*

## SCENE PREMIERE.

M. DE MINARVILLE, *seul.*

QUEL est cet inconnu qui me demandoit tant de nouvelles de notre libertin... Tiberge, je crois qu'il se nommoit... Je suis fâché actuellement de lui avoir dit où je l'avois fait enfermer... Cependant il ne peut rien en arriver. (*Se frottant les mains d'un air content.*) Enfin voici mes petits enfans à la raison : le petit écolier & sa grande sœur sont bien punis. Ah ! mes petits enfans, mordez-vous les pouces, vous en tenez ; malgré tout ce que j'ai pû dire au Magistrat, il a regardé le tour qui m'a été joué, pour un tour de jeunes gens ; & il s'est contenté de faire renfermer le petit bon-homme à Saint-Lazare, & ma petite friponne à l'Hôpital ; là, là, là, adouciſſez-vous, appaiſez vos ſens, mûriſſez-vous; ah ! le petit écolier avec ſes doigts noirs; je ne m'étonne pas s'il en ſavoit ſi long; cependant la petite Manon m'a fait compaſſion, mais....

## SCENE II.

### M. DE MINARVILLE, LISETTE.

LISETTE.

EH bien, Monſieur ? ma maîtreſſe ? qu'en avez vous fait ?

M. DE MINARVILLE.

Il n'eſt pas encore temps que tu le ſaches, je ne le dirai que tantôt; en attendant, je vais me repoſer, car je n'en puis plus.

## SCENE III.

### LISETTE, DESGRIEUX, FRONTIN.

DESGRIEUX, *inquiet & furieux.*

LISETTE, dis-moi, sais-tu où est Manon? Je t'en prie, dis-le moi.

LISETTE.

Ah! Monsieur, vous devriez le savoir plutôt que moi; mais, vous?

DESGRIEUX.

Et toi, Frontin?

FRONTIN.

Eh! mon cher maître, je ne vous ai pas quitté un instant.

DESGRIEUX, *marchant à grand pas.*

Lisette; pour l'amour de Dieu! je t'en conjure, instruis-moi.

LISETTE.

Hé, Monsieur, je ne suis pas sorciere, moi.

DESGRIEUX.

Où est-ce monstre? N'auroit-il pas envoyé la respectable Manon dans quelque endroit, quelque maison de campagne près de Paris, pour lui ſervir de victime, & pour qu'il aſſouviſſe ſa brutalité & ſa paſſion ?

ARIETTE.

Quel état malheureux,
Où mon ame eſt plongée !
Ma raiſon égarée
Eſt dans un trouble affreux.

Liſette, je t'en prie,
Et toi auſſi, Frontin,
Diſſipez mon chagrin,
Rendez-moi à la vie.

Grands Dieux ! vivai-je ou non ?
Non, mon ame eſt criblée,
Ma raiſon égarée ;
Ah ! rendez-moi Manon.

Manon, ma tendre amie,
Ciel ! tu m'eſt donc ravie ?
O murs qui m'entendez !
Où eſt-elle ? Parlez.

Amour, fais un miracle,
Accordes-moi ce don :
Viens rompre tout obſtacle,
C'eſt pour ſauver Manon.

Allons : volons pour la ſauver. (*Il s'arrête.*) Mais, où eſt-elle ? Je m'égare ; je ne me ſens plus ; Manon, que le lieu qui t'enferme s'ouvre naturellement, que l'Amour te défende, & conduiſe tes pas, & que la terre s'entr'ouvre ſous l'impudique qui a oſé brûler pour toi de deſirs profanes.

FRONTIN.

Mon Dieu ! mon cher maître, vous me faites une peine mortelle ; calmez-vous donc un moment.

LISETTE.

Monſieur, vous avez été trahi.

DESGRIEUX, *avec précipitation.*

Par qui ?

LISETTE.

Par votre ami Tiberge. A peine étiez-vous hors de table hier au ſoir, que trois grandes perches de laquais de M. votre pere, ſont venus pour vous prendre, & vous conduire chez lui dans ſon caroſſe, qui vous attendoit à la porte.

DESGRIEUX, *en ſoupirant.*

Ah ! Tiberge, mon cher Tiberge, tu veux mon bien, pourquoi ne puis-je ſuivre tes conſeils ?

LISETTE.

Mais vous, Monſieur ? Comment vous êtes-vous ſauvé ? contez-moi donc cela ?

DESGRIEUX.

On m'avoit fait enfermer à Saint-Lazarre.

LISETTE.

Et vous en voilà déja forti.

DESGRIEUX.

Oui : à peine étois je dans une cédulle miférable ; à peine commençois-je à déplorer mon fort, que je vois arriver Tiberge ; lui-même il me donne des confeils ; le morne filence où j'étois, lui fit à croire que je l'écoutois. Après qu'il eut bien parlé, Tiberge ; lui ai-je dit, tout ce que tu me dis eft très-fenfé ; mais pour en pouvoir profiter, il faut que j'aille me jetter aux genoux de mon pere, & lui demander mon pardon ; le bon homme verfa des pleurs de joie, il m'embraffa, auffi-tôt alla chez le Supérieur de la maifon & ailleurs, pour me faire avoir la liberté que je defirois ; mais il ne put obtenir ce qu'il demandoit, que fous la promeffe que je rentrerois fous vingt-quatre heures ; & qu'en attendant, il refteroit à ma place en ôtage ; & c'eft ainfi que j'en fuis dehors : mais avant que d'aller voir mon pere, il faut que je fauve Manon, ma chere Manon.

LISETTE.

Comment ! mais c'eft un brave homme que votre M. Tiberge.

FRONTIN.

Oh ! oui, comme le bon pain, s'il ne grondoit pas ; car c'eft une chofe pour moi qui me démonte.

## SCENE IV.

### M. DE MINARVILLE, DESGRIEUX, FRONTIN, LISETTE.

M. DE MINARVILLE.

Comment ! vous voilà, Monsieur ?

DESGRIEUX, *en fureur.*

Oüi, Monsieur, me voilà.

M. DE MINARVILLE.

Je n'y connois rien.... Mais l'Exempt n'aura donc point fait son devoir, il m'aura donc aussi trahi ?

DESGRIEUX.

Point tant de verbiages, Monsieur ; dites-moi dans l'instant, où est Manon, je le veux savoir.

M. DE MINARVILLE.

Le petit Ecolier ! Votre sœur que vous demandez, n'est-ce pas ?

DESGRIEUX.

Point de raillerie, je n'ai point envie de rire, finissez.

M. DE MINARVILLE.

Peste, vous ne parlez plus en écolier ; hé bien,

Monsieur, n'en soyez point inquiet, Mademoiselle Manon est en lieu de sûreté.

DESGRIEUX, *toujours en fureur.*

Où est-elle ? Allons, parlez.

M. DE MINARVILLE, *d'un air de contentement & de moquerie.*

A l'Hôpital, mon petit ami.

DESGRIEUX, *ne se possédant plus.*

A l'Hôpital, Manon à l'Hôpital ? (*Il se jette sur lui, le renverse par terre, & lui met le pied sur le dos.*) Ma chere maîtresse à l'Hôpital...

M. DE MINARVILLE.

Au secours, on me tue, on m'assasine.

DESGRIEUX.

Ma chere maîtresse à l'Hôpital, comme la plus vile des créatures! (*Des Domestiques entrent.*) Tiens tu n'es pas digne de vivre... mais tu n'es pas digne d'être tué de ma main. (*Il lui donne un coup de pied.*) Manon à l'Hôpital !.. Frontin, suis moi.

## SCENE V.

M. DE MINARVILLE, LISETTE, DES VALETS; *on relève M. de Minarville, & on le met dans un fauteuil.*

M. DE MINARVILLE.

Ouf! aille, je n'en puis plus; un libertin traiter ainsi un homme comme moi. Aille, aille, aille.

LISETTE, *éclatant de rire.*

Ah! ah! ah! le vieux paillard, comme le voilà; c'est bien fait, il vous convient bien de vouloir en agir aussi indignement avec les femmes; on vous apprendra à vivre, ah, ah, ah, le voilà tout déhanché, ah, ah, ah, ah, ah.

M. DE MINARVILLE.

Qu'on me mette cette créature à la porte.

LISETTE.

Ah, ah, ah, je n'en ai pas besoin; adieu, petit galant, tendre amoureux, qui enfermez les femmes à l'Hôpital.

## SCENE VI.

### M. DE MINARVILLE, ET LES AUTRES VALETS.

LA BRIDE.

Monsieur, Monsieur le Comte Desgrieux.

M. DE MINARVILLE.

Faites-le entrer dans mon second Cabinet, je vais l'y joindre, si je puis. Qu'on m'aide. (*On lui donne le bras.*)

## SCENE VII.

### LE COMTE, LE MARQUIS.

LE COMTE DESGRIEUX.

C'est un monstre dans notre famille, il faut le faire partir pour les Isles. Ah! mon cher fils, sans toi, que deviendrois-je?

LE MARQUIS.

Mon pere, mon frere n'est point coupable; j'ai tout appris : une passion naturelle l'a égaré pour quelques momens, mais son cœur est droit, son ame est vertueuse.

LE COMTE.

Mon fils, tu ne sçais pas tout; mais, que vois-je?

## SCENE VIII.

### LE COMTE, LE MARQUIS, DESGRIEUX, MANON.

DESGRIEUX, *à Manon.*

NE crains rien, ma bonne amie... Ah! mon pere. (*Il se jette à ses genoux.*)

MANON, *en en faisant autant, mais d'un air craintif.*

Monsieur, je ne sors point d'ici que vous ne m'ayez pardonné.

LE COMTE, *à Desgrieux.*

Retirez-vous, malheureux, vous n'êtes pas digne d'être mon fils. (*A Manon.*) Mademoiselle, levez-vous, vous ne me connoissez pas apparamment?

MANON.

Ah! Monsieur, comment ne connoîtrois je pas le pere de celui que j'aime, & qui doit faire mon bonheur?

DESGRIEUX.

Vous êtes mon pere; & tout indigne que je sois, je ne sortirai point de vos genoux que vous ne nous ayez accordé une seule grace.

LE COMTE.

Que demandez-vous?

DESGRIEUX.

Ah! mon pere, Manon, que vous voyez, est toute ma consolation: elle est d'une vertu, d'un caractère!

LE COMTE.

Hé bien! où en voulez-vous venir?

DESGRIEUX.

L'épouser, ou mourir.

LE COMTE, *se retirant, Manon & Desgrieux se relèvent.*

Allons, vous êtes fols tous deux, laissez-moi.

LE MARQUIS, *se jettant aussi aux genoux du Comte.*

Mon pere, je me joins à eux pour vous prier de leur accorder ce qu'ils vous demandent; laissez-vous fléchir.

LE COMTE.

Et toi aussi, mon fils ; tu perds donc la tête ?

LE MARQUIS.

Faites des heureux, mon pere.

LE COMTE, *se rapprochant du Théâtre, & appercevant Manon, dit à Desgrieux :*

Elle n'est pas mal, au moins ; voilà les piéges des jeunes gens à Paris.

DESGRIEUX, *avec vivacité.*

Ah ! mon pere, elle réunit la douceur, la tendresse, l'amitié, la vertu, en un mot, tout ; elle aura pour vous la reconnoissance, & l'attachement les plus marquées ; elle vous adorera.

LE COMTE.

Oh ! oui ; voilà nos étourdis, un rien les égare & les enleve, c'est le diable après pour les faire revenir dans le vrai chemin ; mais répondez-moi mon fils... Monsieur... je me trompe.

DESGRIEUX.

Ah ! que ce mot vient de me percer le cœur ; mon pere ! quel sentiment vous venez de me faire éprouver.

LE COMTE.

Je suis trop bon, en vérité.

LE MARQUIS.

Mon pere ! que je suis aise de vous voir ainsi changer !

ARIETTE.

Oui, la bonté
Est l'apanage
De la Divinité.
Elle est d'un pere,
Le premier gage
Pour rompre sa colere.

Allons, mon frere,
Embrassez donc
Ce respectable pere;
Et nous ferons
Tous à l'envie,
Le charme de la vie.

Oui, la bonté, &c.

DESGRIEUX, *d'un air tendre, s'approche de son pere, en prenant la main de Manon.*

Mon pere, permettez-vous?

LE COMTE.

Je veux, auparavant, voir vos excuses, sur ce qui s'est passé; mais comme M. de Minatville va venir ici, passons dans une autre salle.

## SCENE IX.

### TIBERGE, LISETTE.

TIBERGE.

J'AI donc obtenu l'élargissement complet de Desgrieux. On dit qu'il est ici avec son pere, il a senti son égarement, mais un peu tard ; il rentre dans le chemin de la vertu. Oh! quelle satisfaction pour moi!

LISETTE.

Bon jour, Monsieur ; c'est donc vous qui nous envoyez des grands Laquais pour faire enlever M. Desgrieux ; fi, que c'est vilain pour un ami ; mais, tenez, je vous passe ça, parce que vous avez été à Saint-Lazarre pour lui, Au reste, vous avez bien fait d'arriver, car vous allez voir tout-à-l'heure ma maitresse mariée avec M. Desgrieux.

TIBERGE.

Comment! qu'est-ce que tu dis?

LISETTE.

Je dis comme ça qu'ils se marient, c'est-à-dire, qu'ils ne feront plus de mal... Hé! oui, vous avez beau me regarder, c'est comme je vous le dis ; & M. le Comte va y consentir.

TIBERGE.

S'il y consent, j'en suis enchanté; je ne m'opposois à leur amour, que parce que j'étois persuadé que M. le Comte n'y consentiroit jamais.

## SCENE X.

TIBERGE, LISETTE, LE COMTE, LE MARQUIS, DESGRIEUX, MANON, DE MINARVILLE.

M. DE MINARVILLE, *surpris de voir Manon.*

QUE vois-je! Manon ici, au-lieu d'être à l'Hôpital!

LE COMTE.

Mademoiselle, j'ai rendu mon amitié à mon fils; mais à une condition; qu'il ne vous reverra de ses jours.

DESGRIEUX, *avec vivacité à Manon.*

Manon, je ne l'ai point acceptée.

LE COMTE, *regardant son fils avec menace, puis se retournant du côté de M. de Minarville.*

Mais vous, Monsieur, épousez Mademoiselle, elle n'est pas riche; on la dit d'une famille honnête, & vous ferez sa fortune.

M. DE MINARVILLE.

M. DE MINARVILLE.

Ma foi tout ce qui s'est passé, est passé, je vois bien que je serai plus heureux en me mariant; Mademoiselle, j'y consens volontiers, & vous donne tout mon bien.

MANON.

Vous y consentez donc, Monsieur ? La Fleur.

## SCENE XI.

Les Acteurs précédens, LA FLEUR.

LA FLEUR, *en entrant.*

Plait-il, Mademoiselle?

MANON.

Allez chercher mon miroir de toilette.

DESGRIEUX.

Qu'en veux-tu faire, Manon? Tu n'es point dans le cas de rire.

MANON.

Laissez-moi faire. ( *On apporte un miroir.* ) Monsieur, regardez votre figure; voyez celle-ci actuellement. ( *En montrant Desgrieux.* ) Qui dois-je choisir ?

M. DE MINARVILLE.

Enfin, j'ouvre les yeux; oui, à mon âge on ne doit chercher que le repos, & la tranquillité; je me jettois dans un abîme de désordres, d'où la mort seule auroit pu me tirer. Je l'avoue, Mademoiselle, j'ai eu tort de vous desirer pour ma maitresse; j'ai eu tort de vous avoir si indignement mal-traitée; j'ai encore eu tort de vous demander en mariage, mon temps pour l'amour est passé, le vôtre commence. Je veux réparer toutes mes fautes; tenez, je suis riche, je ne veux plus que faire un bon usage de mes richesses, je vous fais dix mille livres de rente pour le présent, & vous institue légataire universelle de tous mes biens, si M. le Comte consent à votre mariage avec M. le Chevalier; qu'en dites-vous, Messieurs?

LE COMTE.

Ma foi, une telle générosité mérite d'être récompensée; je vous marie, mes enfans, voyons si un mariage d'inclination sera plus heureux qu'un mariage d'intérêt.

MANON, *se jettant aux pieds de M. de Minarville.*

Ah! Monsieur, je vous demande tous les pardons imaginables: je suis confuse de toutes vos bontés. (*Au Comte.*) Et vous, Monsieur, puisque vous daignez me prendre pour votre fille, vous ne vous repentirez jamais du choix dont vous m'honorez, & je vous voue pour toujours le cœur le plus tendre & l'amitié la plus sincere.

DESGRIEUX, *avec la plus grande gaité, à M. de Minarville.*

Monsieur, je ne puis vous exprimer la joie que votre bienfait me procure. O mon pere! ô mon cher frere!... quel ravissement! (*Se jettant au col de Tiberge, & l'embrassant.*) Et toi, mon respectable ami, mon cher Tiberge, que ne te dois-je pas!

TIBERGE.

Je n'ai cherché que ton bonheur, tu l'as trouvé, je suis content.

LE MARQUIS.

Allons, mon cher frere, il ne manque plus qu'à tuer le veau gras.

LE COMTE.

J'espere que nous le tuerons aussi.

## SCENE XII, ET DERNIERE.

Les Acteurs précédens, FRONTIN, LISETTE.

(*Frontin arrive avec une robe de serge grise, comme sont les filles de l'Hôpital.*)

DESGRIEUX.

EH! te voilà, Frontin? Ah, ah, ah.

FRONTIN, *à Manon.*

Mademoiselle, en vous remerciant de votre robe; fatigué, Monsieur, vous m'avez mis là dans de beaux draps blancs.

LISETTE.

Ah, ah, ah, la belle fille de l'Hôpital, ah, ah, ah; & comment en est-tu sorti?

FRONTIN.

On m'a mis à la porte; mais Messieurs, savez-vous bien que cela m'a fort déplu, si vous saviez ce qui s'est passé.

ARIETTE.

Dès qu'on me vit
Dans cet habit,
Sur chaque épaule
On me donna
Grands coups de gaûle;
Messieurs, hola,
Hola, hola, leur dis-je, hola.

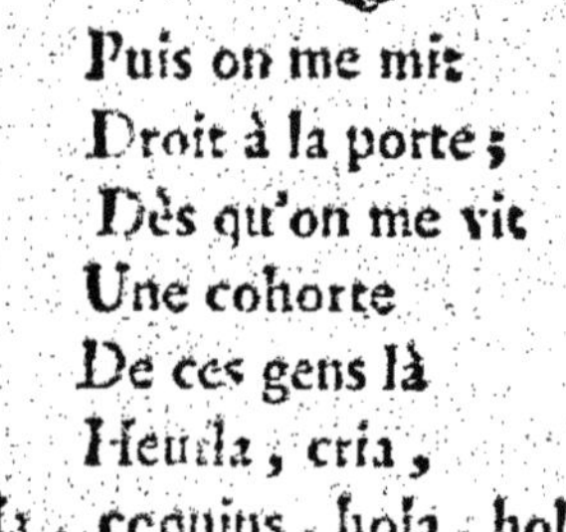

Puis on me mit
Droit à la porte;
Dès qu'on me vit
Une cohorte
De ces gens là
Heula, cria,
Hola, coquins, hola, hola.

Dedans la cour,
Nouveaux éclats,

Tout à l'entour
On s'assembla,
On se moqua,
Coquins, hola,
Hola, hola, leur dis-je, hola.

Messieurs, passage,
Finirez-vous ?
Et qu'avez-vous ?
La belle image !
Vous êtes fous ;
Coquins, hola,
Gare, gare, leur dis-je, hola.

Mais par le pied
L'un m'enleva,
Et je tombai
Aussi-tôt là ;
Eux tous de rire,
Moi, de leur dire,
Hola, hola, coquins, hola.

Ma pauvre robe
L'on déchira ;
On déchira
Ma pauvre robe,
Comme la voilà !
Quand je vis çà,
Hola, hola, dis-je, hola, hola.

Tant bien que mal,
La pauvre enfant,
Si mal vêtue
Eſt revenue
De l'Hôpital;
Mais pour long-temps,
Hola, canaille, hola, hola.

Vous avez beau rire auſſi, Meſſieurs, je vous répond que cela ne m'amuſoit pas.

DESGRIEUX.

Allons, repoſes-toi, car tu dois être fatigué.

LISETTE.

Tu vas venir à la nôce de ton Maître; veux-tu venir à la mienne?

FRONTIN.

Avec qui?

LISETTE.

Avec toi, dans l'inſtant, ſi tu veux?

LISETTE.

Allons, taupe là; nous voici des bons

*Fin du quatrième & dernier Acte.*

# VAUDEVILLE.

DESGRIEUX.

QUE mon ſort eſt heureux !
Je jouis de ce que j'aime ;
L'on couronne mes feux,
Je ne ſuis plus le même.
L'amour & la raiſon
Méritent d'être enſemble ;
Et pour qu'on les raſſemble,
Il ne faut que Manon.

TIBERGE.

Un véritable ami
Prend part à toutes choſes ;
L'écart de ſon ami,
Grande peine lui cauſe.
L'amour & la raiſon
Sont rarement enſemble :
Deſgrieux les raſſemble
En épouſant Manon.

M. DE MINARVILLE.

L'amour eſt des enfans
Le plus bel apanage ;
Il eſt très-mal ſonnant
Aux barbons de mon âge,
J'en ſuis une leçon,
Très-peu digne d'envie ;
Mais, moi, j'en remercie
La ſincere Manon.

MANON.

Vous avez vu, Messieurs,
A découvert mon ame,
Mon transport & ma flâme,
Pour mon cher Desgrieux.
L'usage y est contraire,
Ai-je mal fait? non, non,
Car j'ai voulu vous plaire,
C'est le but de Manon.

DESGRIEUX.

Tel est aussi le nôtre,
Nous n'en n'avons point d'autre;
Toujours en espérants
Vos applaudissemens.
A tous tant que vous êtes,
Messieurs, nous vous souhaitons,
Femmes aussi parfaites
Et si tendres Manons.

*FIN.*

www.ingramcontent.com/pod-product-compliance
Ingram Content Group UK Ltd.
Pitfield, Milton Keynes, MK11 3LW, UK
UKHW021111260726
13994UKWH00002B/840

9 782329 056142